曖・情詩

情趣小詩選

主編◎向明　插畫◎儲玉玲・儲嘉慧

《代序》

情詩要有情趣

◎向明

這幾年來我一直等待各個角落可能萌發出來的詩的嫩芽，既自然柔美，又討人歡心。更像期待心潮泛起時那細緻的漣漪，觸動著有情人的感官。嫩芽、漣漪從無到有，到而今已蒐集接近百首，而我總還是不敢拿出來，怕萬一曝光連一般人都感動不了的詩，何能感動得了情人？情詩嘛！主要是寫給情人看的呀。

然而最近一連串有好幾本情詩選出版，以及情詩手稿的徵選，我發現我所沒有的勇氣，別人居然都大膽表露出來了，那麼多並不動人的情詩，都包裝打扮得美若天仙，連重金徵稿來的名家情詩手稿也不比徵選來的好到那裡去時，我想我這苦等而得的嫩芽和漣漪有足夠的品質拿出來驚豔了。然而我仍然沒有那個勇氣，因為情詩要感人，要讓有情人看了以心相許，多難呀！多難。

好的情詩絕對不是郎呀妹呀的直接傾訴，對口的山歌也許可

以。情詩是耳畔私語的，是枕畔纏綿的，是情不自禁的，甚而可能是無厘頭的打情罵俏。絕不能嚴肅得像在抄肉麻的情書大全，更不能說些衹有自己才懂的現代詩句，或讀來費神費心地像在猜啞謎。自然、清新，不脫詩的質地，最主要的還要有趣味、會讓情人眼睛一亮，或心頭一驚，抬起冷冷的小手給你輕輕一擊，或罵聲死鬼，那才是情詩應具的音效。因之我要說情詩不但要有情更要有趣。如果我要讓我編的情詩選出象，將稱這個選本為「情趣詩選」，有別於一般索然寡味的情詩選。不過「情趣詩選」當然又有別於「情趣商店」所賣的情趣用品，詩比那些商品更有高級情趣。下面我摘兩首我所蒐集來的短詩以印證：

我們的對不起　／林玉鳳

你的愛情
是一個對不起加另一個對不起再等於
我拾荒者般撿到　卻嚥不下的

一個對不起加另一個對不起的

我的愛情

對不起

是我倆的唯一故事

這裡那裡　／柯嘉智

你在那裡我在這裡中間隔著牆

我們是挖個洞好呢

還是並肩坐上牆頭看遠方

你在那裡我在這裡中問隔著海洋

我們是開始學游泳呢

還是去偷摩西的手杖

或者

聶魯達曾說過一句令詩人擔心的話，他說：「寫不好情詩的人不是最好的詩人」，但最好的詩人，就說偉大的艾略特吧，似乎也沒寫過像樣的情詩呀！但並不妨礙他寫出〈荒原〉、〈空心人〉那樣枯燥乏味的傑作，因此我要把聶魯達那句話稍微改動一下：「寫不好情詩的人一定是個最沒有情趣的人」，情詩以有情趣為尚。

這本「情趣詩選」在「詩壇奇女子」顏艾琳的賞識下終於大方拿出來了，按照各詩的表現屬性，分為四輯編成，分別是「關情」、「深情」、「癡情」、「煽情」，並在各輯寫了一篇抽樣性的賞析，無非是道出一些我讀詩的感想、看法和心得，任何人選詩難免有個人偏好，我偏好的情詩首在大家能夠接受，不是那種技巧至上，諱莫如深，讓別人費猜疑的詩。尤其情詩應該首重普及性，不是那些專讓學者們、高深高手的詩家們可以當作研究論文寫的學術詩，若是那樣就毫無情趣了。

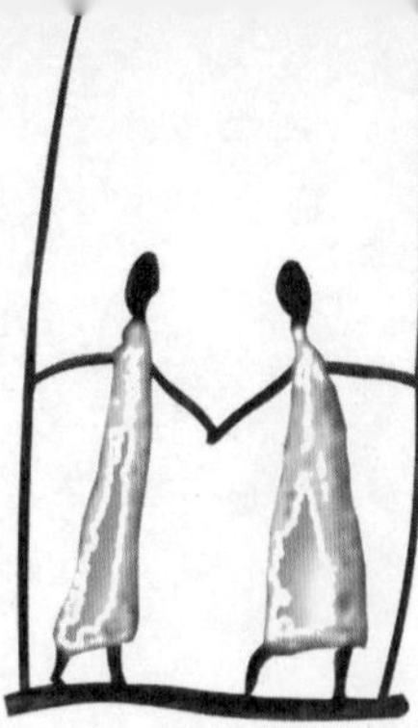

CONTENTS

目次

關情篇

深情篇

CONTENTS

煽情篇

關情篇
Part* 01
MINA

16

過渡

陳斐雯

年輕貌美
墜眠於地的櫻花們
以其巨大的鼾聲
困擾著伸腰欲醒的新葉

是多麼想去踐踏她們啊
但我不能
我是那棵櫻樹

MINA

18

失約

翁月鳳

時間　一分一秒溜走
一顆企盼　越來越像流言
不慣等待
決定
只帶自己　去　兜　風

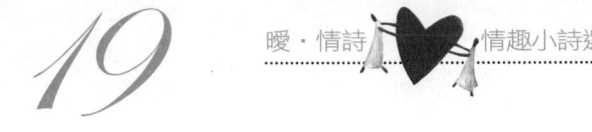

夢

渡也

夢，請降落在心裡
心，要降落在詩裡
詩，就降落在愛裡
而恨
就振翼遠去

05

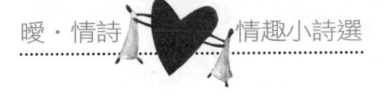

遲早

柯嘉智

遲早有一天我會老去
如果把時鐘撥慢的天線寶寶不在
如果讓時間倒轉的豬小妹不在
遲早有一天我會死去
如果薛拉莎德闔上天方夜譚
如果普魯斯特的餅乾發霉
像一本滯銷的詩集絕版

22

鑰匙

游淑如

最後一次
開鎖
進入你的房間
不為你煲湯　或
疊衣
只還
一串通不到你心的鑰匙
以及附在上面
早已鏽了的誓言

當愛行走

小蝶

你是纏腳布
我是三寸金蓮
當愛行走
秋水看了
也要減七分
娉婷

24

有關愛人・好人・壞人的押韻研究

羅青

拜託請放棄我吧！愛人

我寧願做壞人中的好人
也不願做好人中的壞人

要不就再給我一個機會吧！愛人

讓我從一個吞吞吐吐好壞人
變成一個心直口快的壞好人

26

我們的對不起

林玉鳳

你的愛情
是一個對不起加另一個對不起再等於
我拾荒者般撿到　卻嚥不下的
一個對不起加另一個對不起的
我的愛情

對不起
是我倆的唯一故事

28

吃魚女子

隱地

如何耍玩一條鋼管和
如何吃一條魚
有關聯嗎

我看見一個長髮飄飄的古典女子
優雅的吃著一條魚

一條魚的骨骸
仍然整齊的躺在那兒

牠原先鮮美的肉
全進了長髮女子的嘴
成為美麗的她的一部份

30

房子

管管

那一間
住過元朝
住過明朝
住過清朝
住過民國的
房子

如今
住了一房子的
草

也好

療傷

蕭蕭

把一切都放在海裡漂
浮在海面的
沒什麼緩急輕重
沉入水中的
就讓他沉沉沉沉沉

不成魚，也要成為魚吐露的細沫

32

老來

李皇誼

已經沒有牙齒了
但是還能刮刮鬍子
以及鬍子底下
盤根糾錯的
也一併喚醒了
在鏡子前罰站

可以晾的
都拿出來曬了

發霉的
依然發霉
站在身後的那個人
還看不清
他的臉

34

斷句

邵燕祥

走在
秋天的田野上
我問老托爾斯泰：

一切
成熟了的
都必須低垂著頭麼？

含羞草

小蝶

不是拒絕你的碰觸
其實我含羞
只想引你注意

沒有紅妝
少人垂愛
為了討你歡喜
但憑一份天趣
再度向你
展顏

36

履歷

薛莉

這是第二十九張履歷
寄出的　與尚未寄出的
都是　我辛勞養育的骨肉

至於　那些沒有回家的孩子
它們的哭聲
我一直沒有收到

38

時間二見

周夢蝶

・之一

時間就蹲在燭影深處
虎視眈眈的背面——
我是食魚連頭尾連骨皮肉一口吞的！
時間說：我是貓科

・之二

時間從不開門，

也不關閉；

風月從這扇門闖進來，
打另一扇逃出去
也從未跌過跤。因為
時間沒有門檻！

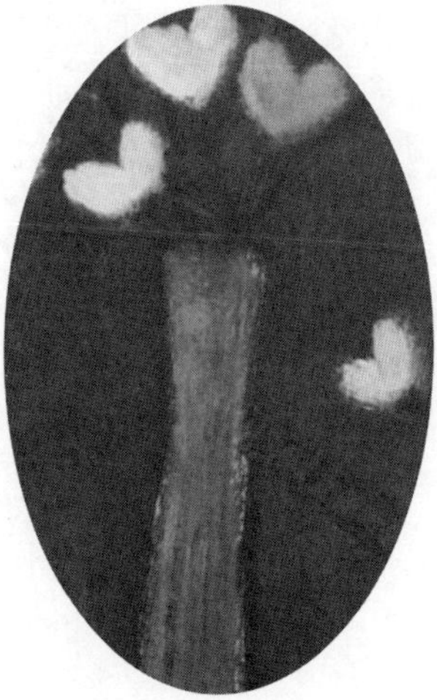

40

答約稿

林子

我不寄詩給你，為了
女人，不僅屬於三月
女人驕傲的心
屬於所有的季節

何必去湊一份熱鬧呢？
如果綻開
如果凋謝
都有注定的時刻

落羽松

棕色果

我知道
這季節
我落單了
從我身上長出的
每一片葉
不回頭的
歸向泥土
取暖

一詩一句總關情

二〇〇四年的七夕情人節正好落在奧運中日棒球大賽的第二天。當大賽「中華」領先三分時，一個男球迷對一旁的女球迷說：「這是情人節的好禮物。」他好高興呵！而當最後中華落敗一分時，女生埋進男生懷裡痛哭，她也好傷心呵！這種迴盪在每一個人心裡的自然共振，出自於「關情」。關情是不用分類的愛的表現，凡心有所牽繫所生的感情都是關情。因此當陳斐雯這個「像貓那樣安靜」（她的詩題）的女詩人，用〈過渡〉的心情說：

年輕貌美
墜眠於地的櫻花們
以其巨大的鼾聲

困擾著伸腰欲醒的新葉
是多麼想去踐踏她們啊！
但我不能
我是那棵櫻樹

同一棵樹開出的櫻花和剛抽芽的新葉，都是樹的子女。一個盛開即萎落於地，一個像剛醒過來的新生兒。前者象徵繁華已逝，後者正欲欣欣向榮，作為一個母體面對此情此景是有很多矛盾想法的。想去踐踏、使之化作塵泥，來春再度護花，是它想採的行動。但他是一株樹，樹的命定是祇能站在那裡袖手旁觀，永遠愛莫能助的。此詩之妙是意象的精彩對比，造成張力。第一段是衰敗和新生的對比，第二段是願望和實情的對比，造成心動的關懷。

北京老詩人邵燕祥的〈斷句〉則是對年華莫可奈何老去發出的大哉問，他說：

44

走在
秋天的田野上
我問老托爾斯泰

一切
成熟了的
都必須低垂著頭麼？

秋天是成熟的季節，田野不是麥黃就是稻熟，都被纍纍果實墜得直不起腰來，像是低頭沉思的老者。托爾斯泰是個公認偉大的智者，最近發現他的大腦裡有大量分別凡人與天才的神經膠細胞，因此他的思考特別敏銳，記憶特強。但是遇到詩人這樣的大哉問，大概也祇能伸伸舌頭吧！伸舌頭是愛因斯坦的標誌，據說那是一次為應別人邀請，為他的生日笑一笑時的反應。

台灣女詩人薛莉一生坎坷，寫過一首〈履歷〉。大概是失業後到處寄履歷表找工作引發的靈感吧！她說：

這是第廿七張履歷
寄出的　與尚未寄出的
都是　我辛勞養育的骨肉

至於　那些沒有回家的孩子
它們的哭聲
我一直沒有收到

薛莉這首短詩如果僅僅只看成是她個人的感傷，則未免小看詩人這番心意。也許廿七張求職卡是她個人的真實紀錄，一去渺無回音的也確有其事。但是別忘在當今失業率節節高攀之下，這首詩卻也是一個社會的普遍寫照呵！女詩人也是在關情大眾。求職的人寄出的每一張履歷卡都是他自己的分身或骨肉，沒有回音的就像走失的孩子。這樣「骨肉化」的擬人手法，是會使同病相憐者同聲一嘆的。

管管的〈房子〉一詩則十足寫出上一代逃難來台者的失落與無奈。他的關情之詩觸動這些人的痛苦記憶和幻滅感：

46

那間
住過元朝
住過明朝
住過清朝
住過民國的
房子

如今
住了一屋子的
草

也好

試想一個流浪在外多年，好不容易能回到日夜魂牽夢縈的老家，結果那昔日繁華多少年代的百年老屋竟成為荒煙蔓草之徑，真是情何以堪！但又有什麼辦法呢？那最後的一聲「也好」是多麼沉重和不情願呵！

周夢蝶的〈時間二見〉是老詩人對時間難以捉摸的具體描述。一寫時間也會食人，一寫時間的詭異無蹤：

・之一

時間就蹲在燭影深處
虎視眈眈的背面——
我是食魚連頭尾連骨皮肉一口吞的！
時間說：我是貓科

・之二

時間從不開門，
也不關閉；
風月從這扇門闖進來
打另一扇門逃出去

也從未跌過跤。因為
時間沒有門檻！

杜甫有詩云：「感時花濺淚，恨別鳥驚心」，一是對時間的側寫。一是說花鳥本乃娛人之物，也會因感時恨別而墜淚驚心。亦可認為以花鳥擬人、感時傷別時，花也濺淚，鳥也驚心。然像周公這樣將抽象的時間，化為時間的具體樣相，生生活活的出沒，彷彿與我們比鄰而居，現代手法，現代語言的詩，則就顯得更為與我們相親可愛了。

深情篇
Part* 02

50

看花

羅蓮

打開你是一道門
天堂不遠
就在花瓣那邊
選最近的一朵
取梅香為徑
走一世不行
要走三生
……

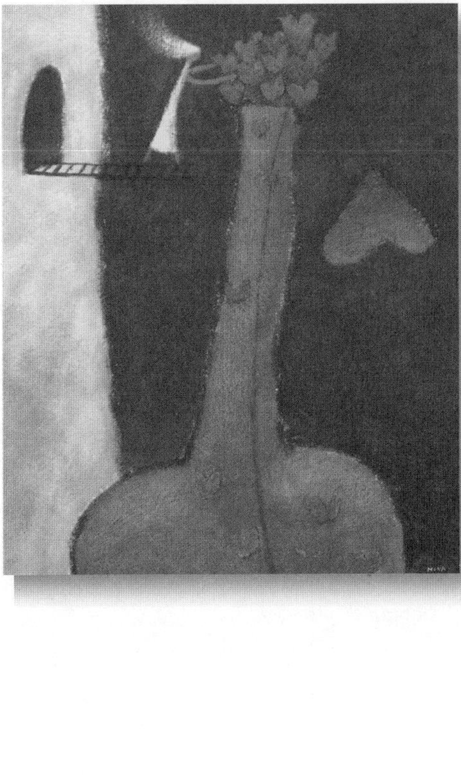

52

沸點

朵思

花腔的語言總是由水的表面唱出來
幽禁的思緒也是從水的底層浮升盪開
魂與魄，快樂與憂鬱
各種音階
各自跳躍獨唱自己的熱情或哀怨

想念我吧

丘緩

我的肚子漸漸隆起一個故事
關於題為菩薩的那一首詩
只讀一遍
就感動了
再翻一次那兩本外文字典
這雨夜就也過去了
想念陽光嗎
節奏從來沒跟上旋律
但有何關係呢
休息一下吧

54

水濂洞的愛情

林德俊

看我一眼
我是一顆石

再看我一眼
我成了一座山

請再給我一個吻
我便隨風飄散

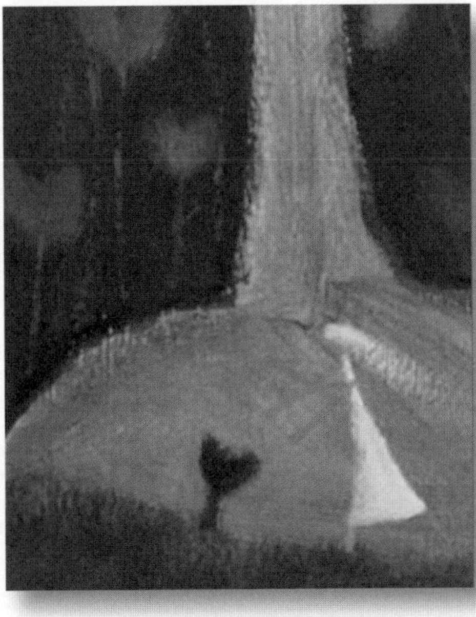

56

你是

陳靜瑋

你是火解放渴望
你是水透明思念
你是我每一首詩的起點
你是所有景物在我身後合上
你是夢與現實維持百分之五十的潮濕
你是這個你是那個你是我的
直到比永遠多一天

新婚日記一則

朔星

我們的家簡樸而潔淨
我喜歡這樣
只要不缺少一張桌子

桌上有一瓶野花，搖曳，芬芳
但窗要大些，牆要白些
心才寬敞而明亮

如果沒有音樂
沒有月光
那就聽兩顆心的碰撞

58

這裡那裡

柯嘉智

你在那裡我在這裡中間隔著牆
我們是挖個洞好呢
還是並肩坐上牆頭看遠方
你在那裡我在這裡中間隔著海洋
我們是開始學游泳呢
還是去偷摩西的手杖。或者

就這般遠遠地對望

60

風鈴

翁月鳳

雖然
在窗口扎了根
卻不能安穩
震顫了我每一根神經

可那風是我的財富呵
總給我呼喚的力量
叮噹叮噹叮噹叮噹

有時
只想靜啞地守候
那風卻又——
到底
想你的是我
還是風？

62

吻

非馬

猛力
想從對方口中
吸出一句
誰都不肯先說的

我愛你

浮萍

小宛

我能記住什麼呢
你漂在那條河裡
漂著漂著
朝我漂來

我把手裡的泡沫
捧成桃花
浪追著我
我追著你

旅窗

陳斐雯

有手一推
窗關上
撞落風景一塊
我的眼睛掉在窗外
誰幫忙去找一找？
它們剛剛還在陽光下
把小溪圍在脖子上取暖
誰幫忙去找一找吧
極可能它們還未離開
那鷹滑翔的翅背……

MINA

66

情書

張尹

儘管交給郵差就是了
如果你不懂我的心
長篇　短篇
有字　沒字
終歸是一齣
　還沒上演　就
　　草草收場　的
故事

68

帶走

丁文智

帶走
凡身之外　夢之外
意念之外的

唯
被離亂封緘在生活夾層中的
那半蓆殘情
得給我留下

69

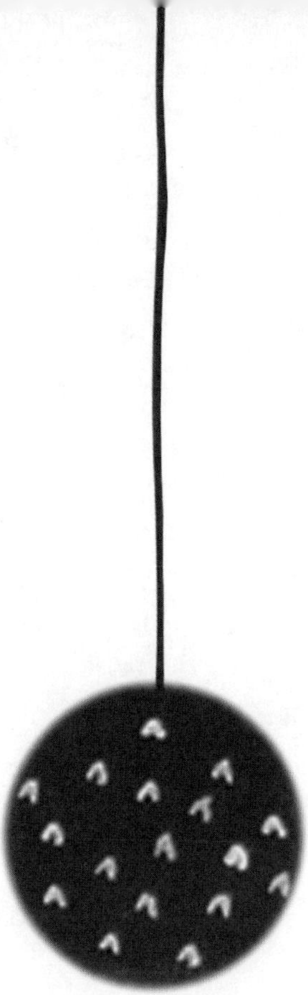

以及
夕照裡
含淚揮手的那幕
也是

70

恍惚

勿

昨天，是你的生日
我把花束送到你的門口
敲了三下門
一下比一下輕
最後一下我自己都沒聽到
而門是開著的

你感到幸福嗎

零雨

遠遠地，有一口箱子
朝我滾來，我要
在它到來之前滾開

（你感到幸福嗎）

在閃開的那一剎那
躲了箱子
也避開幸福

再給我一口箱子吧

72

香氣

許悔之

握著一枝花
你來過我的房間
又走了

僅留下
淡淡的香氣
此刻猶不忍散去

啊無邊幸福
無間地獄

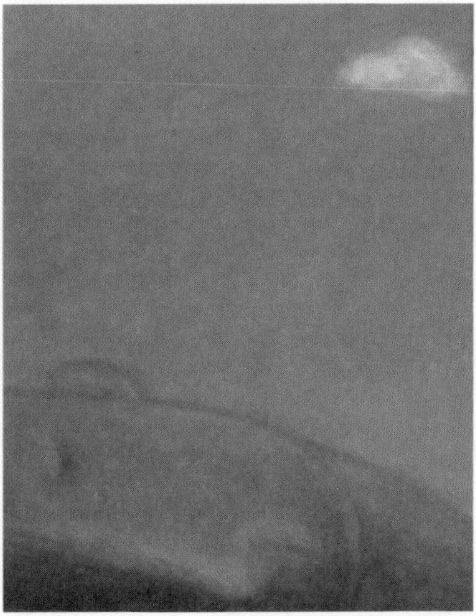

74

無性繁殖戀歌

非馬

我
愛
你

我
愛愛
你你你你

我
愛愛愛愛

你你你你你你你你……

哦親愛的
你別繁殖那麼快好不好

我把手裡泡沫捧成桃花

愛在那裡?情繫何處?有人答曰:愛在每一眼波流轉中,情在每一微笑漾漾裡。也許可以照古典的說法,愛在虛無縹緲間,情在燈火闌珊處。愛只有一個字,可有千千萬萬古古今今不同解讀,而且沒有一個會與另一個相同。但方式不同沒有關係,只要情深便可相愛一生,便可左看右瞧,只有我倆最幸福。僻居在貴州深山的少數民族女詩人羅蓮用〈看花〉的透視眼對愛作了深遠的期許:

打開你是一扇門
天堂不遠
就在花瓣那邊

選最近的一朵
取梅香為徑
走一世不行
要走三生
……

朵思是一位較保守的女性主義服膺者。據年度詩選選她這首詩〈沸點〉時說，可作一幀女性私房照來看：

花腔的語言總是由水的表面唱出來
幽禁的思緒也是從水的底層浮升盪開
魂與魄，快樂與憂鬱
各種音階
各自跳躍獨唱自己的熱情或哀怨

這是一首寫法含蓄，且又轉化得體的象徵詩。據評家的解釋，這首詩何妨解讀成「女性高潮」的深層解剖，女人是「水」做的，「花腔的語言」可當愛之極樂時的春之呻吟。如此說法也不無道理，一首含蓄的詩，可從多面找出它的光點。

林德俊和陳靜瑋是六年級詩人中令人羨慕的金童玉女，他們各寫了一首青春的詩，透露對愛的感動。林德俊的詩〈水濂洞的愛情〉真的是在眼波流轉的一瞬中著魔：

看我一眼
我是一顆石

再看我一眼
我成了一座山

請再給我一個吻
我便隨風飄散

而陳靜瑋的〈你是〉則把所愛看成是造物主，萬能之神，因此：

你是火解放渴望
你是水透明思念
你是我每一首詩的起點
你是所有景物在我身後合上
你是夢與現實各維持百分之五十的潮濕
你是這個你是那個你是我的
直到比永遠多一天

此詩以六個解釋子句來說明「你」之多能，多解，多超現實，如此之多的優越，當然〈你是〉我越久越好的「永遠」。

〈浮萍〉是西安女詩人小宛的一首具紀念性的深情小詩，是為懷念她那天才音樂家丈夫蔣祖馨的，永遠銘記的是這些哀傷的詩句：

我能記住什麼呢

你漂在那條河裡
漂著漂著
朝我漂來

我把手裡的泡沫
捧成桃花
浪追著我
我追著你

丘緩是一九八〇年代最瀟灑的女詩人，和詭秘的夏宇像是雙生一樣的為詩壇熱愛，後來丘緩悄悄的躲到馬公去了，一去便再也沒有詩，但她已寫的詩始終為人所喜愛傳誦，不知怎麼，那樣獨立自主的她，也會有所〈依附〉：

把浸過雨色的
我的心

魂
密密晾在你
天天必經的途　上
你說
　你愛天陰
　　愛雨墨紛亂的
　　　人生

一切情人的話語最通俗、最廉價的就是「我愛你」這三個字。寫小詩的能手非馬在寫〈吻〉一詩中就頗能道出箇中三昧：

猛力
想從對方口中
吸出一句
誰都不肯先說的
我愛你

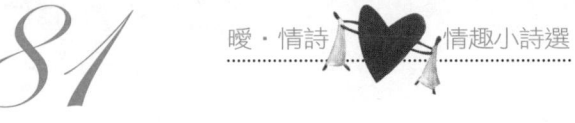

看他多有技巧，真懂「吻」的訣竅，然而雖說誰都不肯先說，但是當吻的猛力真的掀開情的閘門以後，「我愛你」這三個字便開始氾濫了，不管是真情實意，還是虛情假意，「我愛你」便是情人中的「三字經」，隨時掛在嘴邊，以備不時之需。為此主張以猛力吸出這三個字的非馬有了憂心，認為此三字已成了「無性繁殖」，他另寫了一首〈無性繁殖戀歌〉，盼能抑止：

我
愛
你

我
愛愛
你你你

我
愛愛愛愛

你你你你你你你你……

哦親愛的

你別繁殖那麼快好不好

此詩雖說帶點戲謔調侃味道，卻也是情深幾許的愛侶們所應當節制的。主要是情話情詩車載斗量，也可自己發明，這三個字太老套了，來點新鮮的吧！

癡情篇
Part* 03
MINA

86

愛是隻野蠻的獸

小蝶

打電話責問你：
「你還活著嗎」

你不要怪我
愛是隻野蠻的獸
被冷落或遇月圓較常發作
幸好不難醫治
一帖特效藥就可安撫
——「甜言三錢蜜語七分」
唯一副作用是

須常服用

你還活著嗎
這是發病的徵兆
最忌不理不睬
此種慢性病拖久了
潛伏在心底那隻野蠻的獸
會跑出來
吃人

論飢餓

陳黎

甲說用飢餓的身體論
乙說用心

你走後，空空的房子
空空的浴缸：

我好餓

花迷

謝馨

夾在我詩集
粉紅色的絲帶
是停留妳
髮上的
一隻蝴蝶

我常追隨它
飛到那一頁——
妳底氣息　鎖進瓶中
妳底胴體　壓成標本

魚嫁

棕色果

妳是魚
妳是魚

魚嫁給河去了
或許　我還有想起妳的時候

只能站到河岸上了
只能站到河岸上了

92

死後

天空魚

死後，百年的
思索，沿著記憶的河岸
一列火車往前疾駛
「喂，上面有誰呀？」我焦急地大喊

火車已過
迴音尚響

葉子

和權

風乍起
輕易把金黃的葉子
吹走了

唉　唉　葉子
很
薄

如
情

94

蝴蝶

勿

想起童年的時候
我就想起蝴蝶
還有女孩兒
有一個女孩兒特別漂亮
但總是被她的瘋媽媽
掐得青一塊紫一塊
每一塊都像一隻蝴蝶
這些蝴蝶曾飛到我的夢裡
和我一起疼

96

自畫像

喻麗清

到林子裡去
就散碎成葉

到海的岸邊
便洗成了沙

到黃昏的山頭
是靜寂的霧

回到人間來
我是——
透明的水

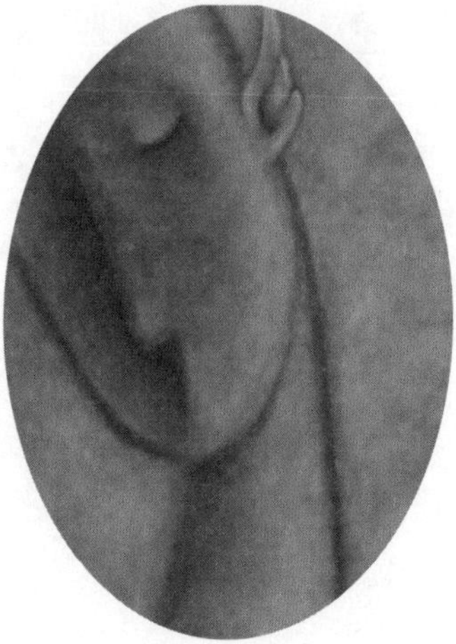

98

縮小

紫鵑

我正縮小
縮成飛鷹的小情婦
我正縮小
縮小為一朵山茶花
我正縮小
縮小入你的口袋
我正縮小
縮小成一張地圖
我正縮小
縮小鑽進你心房
最深最柔軟的角落

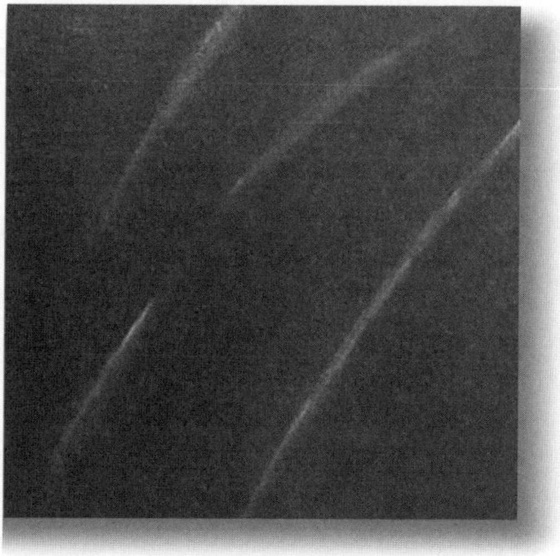

附記：當愛來時，記得將自己縮小

100

失眠七行

月曲了

總想把床當作門
躺於其中
如躲在夢的背後
整夜煩惱著
這對永不打烊的眼珠
不曉得
要如何熄燈

戀痕

李蕙岑

你一俯身
我便聞到參
　　商的味道
你說
「在看什麼」
愣
　　了
　　　　愣
「我在讀水的魚尾紋」

102

秘密的收藏

孫維民

多年前的一小束頭髮
不知道死了
還是活著
既不長長
也未腐爛

MINA

104

貓對鏡

楊寒

午後，貓對著鏡子廝磨
半窗子的陽光走過
牠舒伸爪子
讓我想起，
多年以前
妻子在電話筒旁
懷疑，不滿足
喋喋不休的樣子

白髮

翁月鳳

每天
學著向日葵　等待日出
伸長脖子　踮起腳尖
讓太陽靠得更近

要收集多少暖意
才夠融這千年不化的雪跡？

海的印象

陳黎

儘纏著見不得人的一張巨床
那蕩婦，整日
與她的浪人
把偌大一張滾白的水藍被子
擠
來
擠
去

沉思的佛陀

大荒

——六世紀石雕，波士頓美術館藏，
佛陀屈右腿，支頤而坐。

別驚動他
讓他小憩一下
你看他多累
一坐下來就支頤打盹了

我們該作的　只是
為他披件袈裟

想你

墨君

想你的心是蒼鷹
盤旋在
昔日的天空
將你獵食

110

每次見到

非馬

每次見到
春風裡的小樹
怯怯
綻出新芽

我便想把妳的瘦肩
摟在臂彎裡
擠扁
道聲早安

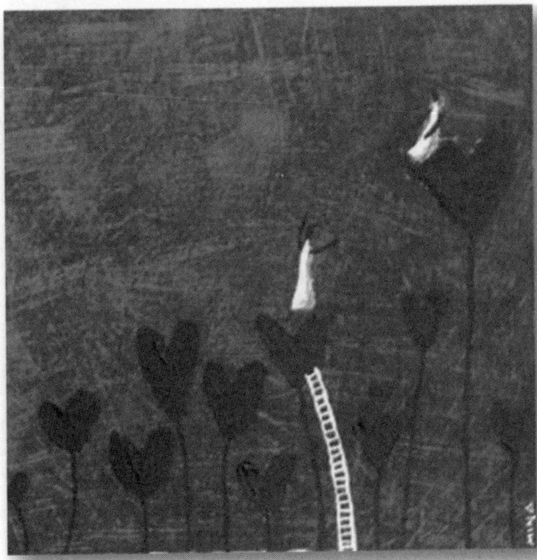

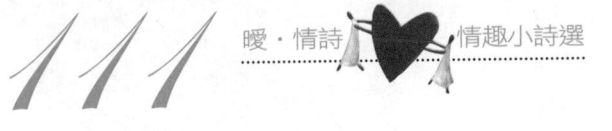

愛是隻野蠻的獸

「癡情」照國語字典上解釋即是「最深的愛情」，但形容一個人「癡」，通常即表示此人呆傻，不聰明。而按照佛典，癡即所謂「無明」，無明即糊塗，與沒有智慧相近。可見「癡」無論怎麼解釋即心理不健康之謂。然而「癡」字加在情字前面卻又表示用情最深，可見癡情者即傻傻的去愛，沒來由的去愛，不計一切的去愛，愛到深處無怨尤。

寫「癡情」的詩首當為李商隱傳誦不朽的那兩句：「春蠶到死絲方盡，蠟炬成灰淚始乾」，此種癡情苦意，幾乎已達九死而未悔的境地。我們如用現實的眼光去看，真是太傻了，值得嗎？而莊子〈盜跖篇〉中那位尾生，與女友約會於橋下，看到大水淹到喉嚨，馬上滅頂，而期約的女子仍苦等不來，乃抱橋墩而沒，也是癡得可以，其實爽約的又不是你尾生，何必那麼認真？然而當愛，愛到沒有是非對錯，滑脫理智，便只有一個癡字可以解釋了。

現代寫的「癡情詩」當屬夏宇那首〈甜蜜的復仇〉，要將所愛人的影子醃起來，風乾，老的時候下酒，愛的癡迷程度，深情到匪夷所思，不比李商隱的千古名句遜色，甚至更合現代潮流。電視上常播出親密的一半作古，一直不把他（她）當死人看待，每天還和他（她）同眠共枕，甜言蜜語的安慰他（她），並為他（她）化妝擦拭，這也是愛的極致，和〈甜蜜的復仇〉不相上下的，還有黃惠真寫的〈願〉：

我願意
端坐於一件青瓷面前
與他隔著玻璃
守候
守到自己化為一種土
可以讓巧匠製成另一件

放在他旁邊
青瓷

這種今生不能在一起，就是候到來生化土成形也盼能相廝守的癡情，當比「在天願作比翼鳥，在地願為連理枝」更為宏大，直比「落紅不是無情物，化作春泥又護花」一樣的感人。

小蝶是台南鄉下一位不願出名的小保母女詩人，她寫了很多人見人愛的情詩，她的愛情觀非常強烈突出。她說〈愛是隻野蠻的獸〉：

打電話責問你：
「你還活著嗎？」

你不要怪我
愛是隻野蠻的獸
被冷落或遇月圓較常發作
幸好不難醫治

一帖特效藥就可安撫
——「甜言三錢蜜語七分」
唯一副作用是
須常服用

你還活著嗎
這是發病的徵兆
最忌不理不睬
此種慢性病拖久了
潛伏在心底那隻野蠻的獸
會跑出來

吃人

這也是癡情的一種，常常有人對他（她）心愛的人狠狠地說「我恨不得一口把你吞下去」，這真是為情癡傻到獸性大發，不顧一切了。

有「繆司最鍾愛的女兒」之稱的敻虹寫過很多婉約多情的詩，一直引為詩壇的佳話。她的〈言說〉一詩便是真心的癡話連篇，直教鐵石心腸也會心悅誠服，詩曰：

每一句話對你說
都是用我的心對你說
或許我的言辭簡少
或許我的語句淺陋
但我是用我的心　對你說

在這樣往來如水的車馬中
在這樣往來如織的人潮中
在這樣往來無痕的春秋中
在這樣只有一來的這一生中
我的言語轉換為清亮的思惟
以一顆淚的單純

對你說　對你說

紫鵑是新起一代的女詩人，在網路詩壇早有一席之地。她寫的〈縮小〉一詩，一貼出便受人重視，很多人便很欣賞她這種「小戰略」的愛情觀：

我正縮小
縮小成飛鷹的小情婦
我正縮小
縮小為一朵山茶花
我正縮小
縮小入你的口袋
我正縮小
縮小成一張地圖
我正縮小
縮小鑽進你心房
最深最柔軟的角落

當愛來時
記得將自己縮小

當愛最深時，為了示愛，讓對方接受了解，會無所不用其極使用各種手段，以達目的，即使像紫鵑這樣以「小」來委屈自己，也是在所不惜。看起來像是有點癡傻，但安於小也是一種樂趣，大詩人洛夫曾在一首詩中有下面精彩的三句：

即使把我縮成雨點那麼小
小
也是我的小

在情人面前處處低姿態的縮小，小成一朵可以插入情人口袋的山茶花，那才我見猶憐呢！

北京《詩刊》上看到一位齊思先生寫的〈墓誌銘〉，看來也是一首「除死方休」的癡情詩：

容許我這樣
躺
著
不
動
等 你

這不是賴皮，纏住不放，這是一心一意的非你莫屬，我愛定了你（妳）。這種癡癡的等的求愛手段、神形俱備的求愛詩，主意打到寫成「墓誌銘」，有時還真能打動芳心哩！無他，比刻板的送花，跪地求愛，有趣多了。

煽情篇
Part* 04

122

海事

鍾順文

天啊，你老是板著臉幹嘛？
海都攤開了雪白的身子
船要不要進港
就等你的一聲令下

見面

翁月鳳

好久不見
你用雙臂把我圍成個繭
閉上雙眼
此刻我是偷嚐了蜜汁的蛹

你的臂彎不該是我留戀的角落
但怎能讓你知道
有些感覺
禁不住這樣的
　一試
再試

苔

小蝶

一直躲避陽光
依附陰暗過日子

雨露來安慰
才有一陣
清涼的心情

爬上愛的
絕壁
——粉身或碎骨

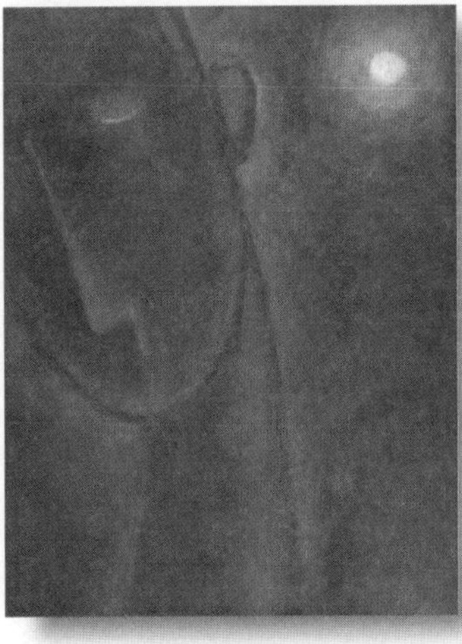

也不敢要你承認
我是你的
情婦

同義詞

柯嘉智

你的眼睛
我迷路的星光
你的淚水
我此世的汪洋
你的凝視
我塌陷的地獄　和
失火的天堂

蝶與人

碧果

來生我作玫瑰，你作蝶
昨夜二大爺抽身走出二大娘的夢
喃喃在自囿的意識中

翌晨醒來，世界竟無異樣
依然，瞥見一雙肉呼呼的蛹

128

進入永恆

尹玲

我是沙
你是浪潮
濡濕我
捲緊我
進入永恆

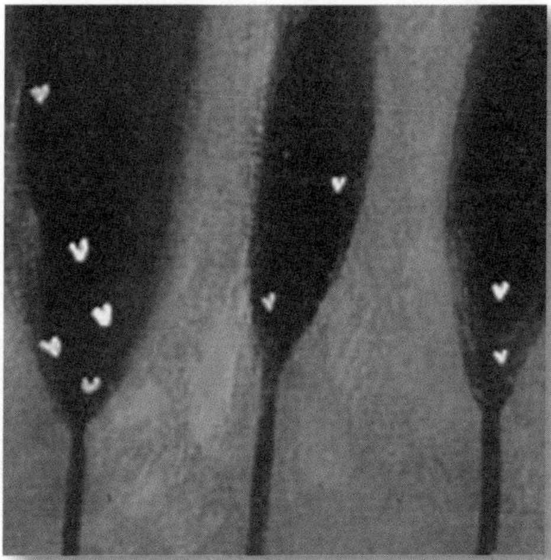

130

記錄

丘緩

大夢之後大喜大喜之後
大悲之後淺淺地酌月

酌淨白的
酌牽牽掛掛的
定情之鍊
酌你
酌我
酌酌

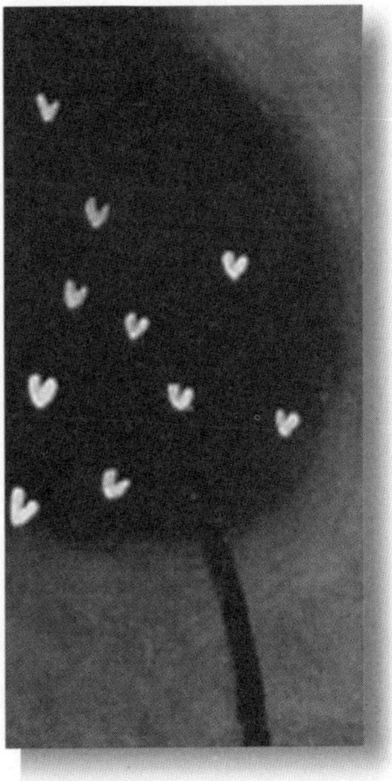

132

多此一問

薛莉

你問
為什麼想詩
我說
為什麼會流淚

你問
寫詩的心情像什麼
我說
愛情的滋味又如何

你
問
你會寫詩寫到老嗎
我
說
你會愛我一輩子嗎

134

唇的印象

蘇紹連

我看著妳的唇離開了妳的臉
飄浮在半空中
像隻上了紅妝的蝙蝠

我開始倒垂懸掛
等待
黑色夜晚降臨在我的脖子上

求你

林玉鳳

攀著你胳臂的
有著幸福的手
幸福的手很柔軟
軟軟地附在你的胳膊上
她一生的燦爛

求你
別站得那麼近
留給我一點妒忌的空間

136

天堂以上

硯湘

都有臉頰
但從不相貼
因為愛在相貼以外

都有鼻息
但從不相擁
因為愛在相擁以外

都是舞者
但從不共舞

因為愛在共舞以外

都有餘暇
但從不共渡良辰與美景

因為——
愛在時光之前
愛在天堂以上
愛在
愛
以
外

138

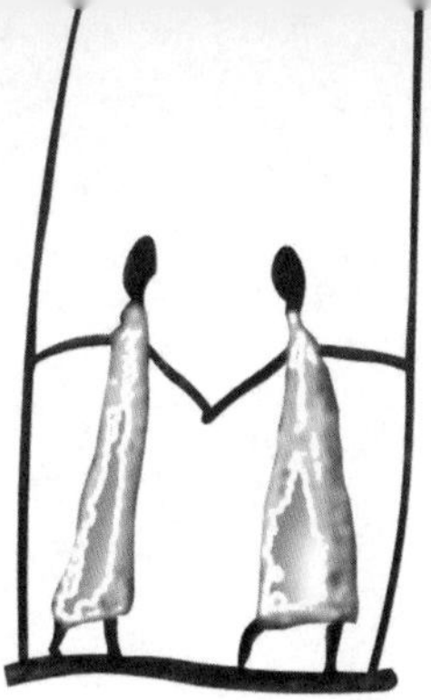

時間

周薇

終其一生，我都將等待
不早不晚的時間
和你相遇

在時光變幻的深淵
那些瓷器般靜寂的心臟
讓看的人在粉碎那一刻
悲哀

溺

顏艾琳

男人　是水上的漂流物
當慾望淹沒肉體，
細胞自身上大量流失
溶為水性的我
載著半
　　浮
半　沉的他
往黑色的漩渦
捲溺下去……

140

春天

陳黎

啊・世界
我們的心，又
合法而健康地淫蕩起來了

愛的循環

白家華

你的愛
支持我，去
愛你

142

美好時光

陳斐雯

噓——
夢在我心中睡著了
真是不小心呀
真是棄人於不顧

但此時我絕不哭泣
絕不能任無聊的淚水
淹沒這無所謂人生的
一瞬

傘

陳克華

吸飽了雨水
擱在遺忘的門後
委屈地
疲軟地

夢遺了

144

詩趣

向明

想起來就無聊
詩還不知躲在那裡發呆
手就拎著筆
四處身體翻攪
結果，腳和鞋子都走失了

有人要我寫

——戲答瘂弦先生

斯人

有人要我寫清水白石供養出的詩
我很抱歉，深深有感於蓮花出青泥
哪個少年家沒有多情過害過病相思
愛情這東西縱然好滋味老來無法矣
有些不朽的詩人天生的天才又美麗
要我東施效顰做伊的眼耳鼻舌身意
恕我無禮，套艾略特的一行詩自惕
No, I am not Emily Dickinson,
nor was meant to be.

選詩賞析

海都攤開雪白的身子了

據說新發明的一種激素，有極強烈的催情作用，會使沉睡的勇氣突然復甦；會使趑趄不前的怯懦症霍然痊癒。在詩這類文字中，這種催情的激素，這種煽情的興奮劑，可能發明得更早，含量更多。《詩經・國風》一章「丘中有麻」第二段有這樣四句：

丘中有麥，彼留子國。
彼留子國，將其來食。

這首情詩據北大才子詩人沈澤宜的白話翻譯是滿煽情的：

山坡上齊簇簇的麥穗，準是有人在跟你親嘴。
就算有人勾住了你，我有好東西給你呢！寶貝。

又據聞一多先生早年的考據，此詩第四句「將其來食」並不是指來吃東西，而係民間隱語，喻指給你做愛。在那麼早的古代，這樣的寫法是非常露骨的。

基督教聖經中的「雅歌」是一本愛情的歌詩集。周聯華牧師以《歌中之歌》的名、以抒情的手法譯成中文，周氏認為譯這些文學素質較高的作品，可以再「露骨」一點，於是我們可以看到在他譯的「雅歌」中常常有如下煽情的詩句：

你的左手／枕在我頭下，
你的右手／摟著愛撫我。

耶路撒冷的少女啊
請你們　不要吵鬧。

妳們別干擾我們
我們正在相愛。

在這本蒐集而來的現代情詩中，就不乏這類鼓動勇氣去求愛的作品，他們以比前人更高明且高貴的隱喻，以精巧含蓄的意象語言，寫出意味深長的煽情詩。譬如在造船廠工作的鍾順文便以海的背景寫下〈海事〉一詩：

天啊，你老是板著臉幹嘛？
海都攤開了雪白的身子
船要不要進港
就等你的一聲令下

這四行小詩所飽含的暗示性，所象徵的觸發、啟示、力道，簡直有如一聲驚雷，震醒那些想愛又不敢愛的膽小之輩。

翁月鳳的〈見面〉道出了久別重逢、情人間不可開交的難捨難分。情節描寫得逼真煽情，且又不得不欲拒還迎，對無此經驗的人而言，恐怕會羨慕不止：

好久不見

你用雙臂把我抱成個繭
閉上雙眼
此刻我是偷嚐了蜜汁的蛹

你的臂彎不該是我留戀的角落
但怎能讓你知道
有些感覺
禁不住這樣的
　一試
再試

也許煙台女子鄒明珠的〈愛情〉更火辣，大有一經被愛便有任君宰割之勢，詩分兩段，一短一長，先是強烈，繼之溫柔，手段全出：

一、
贈你一把刀
然後你一點一點切我

二、
第二次　你沒帶傘來
天邊已是雷聲滾滾
樹拚命紡著黑色的雲朵
田野站著收割了的穀物

遙遠的淚滴不進海裡
就變不成珍珠
你走吧

你卻笑了
說你是傘柄
說整個天空都是你為我撐著呢

臨別　你吻了我的手
從此
我戴上了一枚再也摘不掉的戒指

好的情詩必須自然，喜悅，趣味，且不脫生活質地。意象要具創意得讓情人眼睛一亮，心頭一驚，使得她抬起冷冷的小手給你輕輕一擊，或嗲嗲的說一聲「你好壞」。此詩的「傘柄為你撐著整個天空」的意象，以及「吻痕喻成再也摘不掉的戒指」的意象，便具有讓情人感動得全心降服的功用。

將吻痕喻成一枚摘不掉的戒指自是非常新穎，但在詩人蘇紹連的超現實聯想下，吻痕唇印更為奇妙特出。他的〈唇的印象〉便是寫此：

我看著妳的唇離開了妳的臉

飄浮在半空中
像隻上了紅妝的蝙蝠
我開始倒垂懸掛
等待
黑色夜晚降臨在我的脖子上

將紅唇形象化成一隻翩飛的蝙蝠是異想天開，前所未見的。然後將親吻的動作和時機也和蝙蝠的晝伏夜出的習慣暗》合，同樣也栩栩如生。他以短短的六行，來表達一生動且豐潤多情的象徵世界，使有情人讀來回味無窮，真是調情高手。

對情慾，對自體（女體），對性別覺醒極為敏銳的顏艾琳，是當今被視為極具叛逆性的女詩人，我們且看她寫的情趣詩〈溺〉是如何的語意驚人：

男人　是水上的漂流物

當慾望淹沒肉體
細胞自身上大量流失
溶為水性的我
載著半
　浮
半　沉　的他
往黑色的漩渦
捲溺下去……

顏艾琳的靈視是劍及履及的，她把人在不自持時自下半身跑出來的獸性，用水的意象美化，一連串的淹沒，流失，浮沉，漩渦，捲溺，演出一場不帶半點情色，卻有情趣的水上芭蕾，怪不得旅法的我國學者程抱一博士說艾琳不像中國女詩人，倒像歐洲詩人。艾琳具有西方人的開放和浪漫不拘。

《附錄》

作者小傳

作者小傳

陳斐雯

一九六三年生。文化大學中文系文藝創作組畢業。著有詩集《貓蚤札》。曾任職《人間》雜誌、《自立晚報》、《自立早報》、《中時晚報》。現任《中國時報》「浮世繪版」、「動物伴侶版」主編。

翁月鳳

五十四年生，台南縣歸仁鄉人。

生命是一首歌，在每日歡喜時光裡，我找到潛藏生活中點滴的悸動及生命中成長的靈感，彷彿隨時都在耕耘，也隨時都在收穫。

人來人往、花開花謝、四季遞變，無論擁有還是失落，都不會減低我對真善美的感受與追求，唯一不變是愛，愛的紀錄是我承擔與奉獻的宣言。

渡也

渡也，本名陳啟佑，台灣嘉義人，四十二年生。中國文學博士，國立彰化師大國文系、所專任教授，國立中興大學中文系兼任教授。著有評論集《唐代山水小品文研究》、《普遍的象徵》、《新詩形式設計的美學》、《渡也論新詩》，散文集《永遠的蝴蝶》、《歷山手記》，新詩集《手套與愛》、《落地生根》、《空城計》、《我是一件行李》等二十五種。曾獲教育部青年研究著作發明獎、聯合報極短篇小說獎、中國時報敘事詩獎、民生報兒童詩獎、中興文藝獎章、第三屆詩歌藝術創作獎等殊榮。

柯嘉智

國立高雄第一科技大學風險管理與保險系碩士。

文學獎得獎紀錄：第四屆梁實秋文學獎散文首獎、第十八屆聯合報文學獎散文首獎。出版作品：詩集《格林威治以外的時間》，爾雅出版。

游淑如

政大教育系畢業，現就讀中興大學中文所並任教於國立屏東女中，堅信寫作是自由之翅，在詩翼拍振裡，我們可以照見每顆心靈小宇宙，今天、明天、每一天！

小蝶

本名楊碧娥，一九六五年生，現居台南縣關廟鄉，詩作多發表於《中華日報》副刊。

羅青

本名羅青哲，湖南湘潭人，一九四八年出生於青島，美國西雅圖華盛頓州立大學比較文學研究所畢業，主修文學與藝術的比較。曾任教於台北國立師範大學，並任中國語文中心主任，亦曾任滄海美術叢書主編。現任輔仁大學教授。曾於國內外舉辦畫展三十餘次，畫作為大英博物館等世界知名美術館收藏。詩集有《吃西瓜的六種方法》、《捉賊記》、《水稻之歌》、《錄影詩學》、《一本火柴盒》；另有文集《從徐志摩到余光中》、《詩的風向球》等，與《鋼鐵山水》、《鐵網皴法》等多部畫集。

林玉鳳

現職澳門大學社會及人文科學學院新聞與公共傳播課程主任，同時為澳門青年雜誌《新生代》的總編輯、《澳門日報》和澳門《市民日報》專欄作者，澳門筆會副理事長。中學時期開始發表現代詩及小說和散文作品，其中詩作曾多次獲澳門文學獎，已出版著作有詩集《假如我愛上了你》（澳門五月詩社出版）、《忘了》（中國文聯出版社）以及散文集《咖啡檔》（人民日報出版社）、《一個人影一把聲音》（澳門日報出版社）。

隱地

本名柯青華，浙江永嘉人。一九三七年生於上海，七歲時送至崑山千燈鎮小圓莊顧家寄養，十歲時由父母接來台北，一住五十八年。創辦爾雅出版社。著有《漲潮日》、《十年詩選》、《人生十感》、《自從有了書以後……》、《身體一艘船》等三十一種。另有《隱地序跋》，由蘇州古吳軒出版社印行。曾獲聯合報二〇〇〇年讀者人最佳書獎及「年度詩人獎」。《漲潮日》進入《文訊雜誌》專家推薦「新世紀文學好書六十本」。

管管

姓管名管叫管管不知何處人也偶來此星球偶然寫了詩畫了畫演了戲而已來此星球已七十餘載乏善可陳唯一可以說的這個球不錯，可惜被一堆叫做人的禽獸給糟蹋掉。也不可惜也，早晚難免一死，是錯誤的美麗，美麗的他媽的錯誤！這群衣冠禽獸！

蕭蕭

本名蕭水順，一九四七年出生於彰化縣社頭鄉。於台灣師範大學國文研究所獲碩士學位，現任明道管理學院中文系助理教授。喜歡台灣文化的多元現象，接納世界文學的洗禮，欣賞傳統的古典氣質，也勇於嘗試現代的前衛風格。著有詩集《悲涼》、《緣無緣》、《雲邊書》、《皈依風皈依松》、《凝神》，評論集《現代詩學》、《現代詩縱橫觀》、《台灣新詩美學》等多種。

李皇誼

一九六八年生，有些中國字的筆畫適合藏鋒，而皇誼的半生，摺了又摺，疊了再疊，像一架紙飛機，似乎可以藏於風中。實際上，他的羞澀和膽怯只合當風的僕人。熟知他的人以為他歡喜聽風。其實，是天地間的風，樂於側耳傾聽著他。

邵燕祥

浙江蕭山人，一九三三年生於北平。北平中法大學肄業，曾任職廣播電台、詩刊編輯。一九五一年出版第一本詩集《歌唱北京城》。中國作家協會會員，曾任作協理事會理事，主席團委員。八〇年代起兼寫散文。現有詩和隨筆雜文等七十餘種問世。

薛莉

遼寧瀋陽人，一九五五年生，曾獲耕莘文學獎，優秀青人詩人獎，出版詩集「詩花盒子」（爾雅），現任職台北市藝文工會總幹事。

周夢蝶

先生河南淅川人也。民九農曆臘月除日（是年小進）生。宛西鄉村師範差一學期未畢業。曾為小學教師一年，圖書管理員一年，陸軍工兵下士七年。著有新詩集《孤獨國》等。今八十五歲矣。

林子

本名趙秉筠，祖籍江蘇泰興。一九三五年生於雲南昆明。畢業於雲南大學中文系。曾任小說編輯。一九五七年開始發表作品。組詩《給他》一九八一年獲全國中、青年詩人優秀詩作獎。詩作選入數十種選集，並譯為英、法文介紹國外，被譽為「中國的白朗寧夫人」。另有詩集《詩心不了情》、《林子短詩選》（中英對照）等。中國作家協會會員、香港作家聯會永久會員。現任香港《華夏民族》雜誌副總編輯。

棕色果

本名黃以約，台灣省台南人，一九五五年十二月出生，台南師專畢業，國立高雄師範大學教育系畢業，國立台南師院教育碩士結業，美國加州太平洋大學神學碩士畢業，目前進修：美國加州太平洋大學哲學博士學位。

遠自民國六十幾年，即發表詩作品，沉潛閱讀持續寫詩，性喜散步，雲遊四海，與世無爭。著有詩集《透明升降機內》、《喜緣》。

羅蓮

布依族，出生於一九六〇年代中期，一九八五年開始詩歌創作，一九八六年皈依佛門成為佛教居士，法名慧蓮。係中國作家協會會員、中國詩歌協會會員。迄今在海內外發表詩作三百餘首，作品多次在全國獲獎，詩集《另一種禪悟》在華人詩界有廣泛影響，部分作品譯成英、法文等，二〇〇三年被推荐到「諾貝爾」文學評委會，是中國首位作品進入「諾貝爾」評委會的女詩人。

朵思

本名周翠卿，一九三九年生、台灣省嘉義市人。早年為創世紀詩社的一員，現為自由作家，詩作曾譯介成英、日、韓、德等多種語文。著有詩集《側影》、《窗的感覺》、《心痕索驥》、《飛翔咖啡屋》、《曦日》、童詩集《夢中音樂會》，另有散文集二部、小說集三部。

丘緩

本名陳真修，一九六四年出生於澎湖縣桶盤島。淡江日文系畢業。一九九〇年開始經營《澎湖故事妻》創作型商店。一九九二年提出《桶盤藝術村》構想。二〇〇一年啟動《桶盤藝術村》第一次藝術節。二〇〇三年有了「澎湖故事妻美術館」。一九九〇年自費出版第一本詩集《掉入頭皮屑的陷阱》。二〇〇五年陸續出版旅情類書籍，如《澎湖故事妻的望安島之旅》、《桶盤島自導書》等。

林德俊

曾獲優秀青年詩人獎、帝門藝評獎、乾坤詩獎首獎等，入選《年度詩選》（爾雅發行）多次及其他各式選集十餘部。有一個網路分身「兔牙小熊」，個人新聞台：兔牙小熊詩磨坊。編有《乾坤詩刊》、e世代情詩選《愛情五味》（白蘭地書房）、《詩路二〇〇一年網路詩選》（與須文蔚合編，河童）、《保險箱裡的星星——新世紀青年詩人十家》（爾雅）。撰有國家文藝基金會獎助論文《台灣網路詩社區的結構模式初探》。為多家報刊專欄作家。

陳靜瑋

與詩交友數年。曾任雜誌社出版部主任、報刊特約記者、廣告公司特約文案，現為雜誌主編。一直認為，只要我們每天用午夜藍的被，蓋住眼裡種種迷惑的同時，思念發光，愛情就會忘記年齡，永遠保鮮。

朔星

原名曾獻忠，一九六一年六月生，黑龍江省青年畫家、詩人。出版有《曾獻忠鋼筆寫生集》、《荒原九色花》（朔星卷）。詩與畫發表於《香港筆薈》、《乾坤》詩刊、《中國收藏》、《雄獅美術》等。入選乾坤詩選《拼貼的版圖》。獲大陸第八屆全國藏書票大展優秀獎、韓國第五回國際書畫展金牌獎、北京《詩刊》全國朗誦詩大賽佳作獎、北大荒文學優秀作品獎。

非馬

本名馬為義，一九三六年生於台中市，在原籍廣東潮陽度過童年。台北工專畢業，威斯康辛大學核工博士，在美國能源部屬下的阿岡國家研究所從事能源研究工作多年。曾任美國伊利諾州詩人協會會長，為芝加哥詩人俱樂部會員。著有詩集十四種（包括英文詩集一種）及譯著多種。主編《朦朧詩選》、《台灣現代詩四十家》及《台灣現代詩選》等。作品被收入百多種選集並被譯成英、德、日、韓、馬來西亞、希伯來、西班牙、斯拉夫及羅馬尼亞等文字。曾獲吳濁流文學新詩獎、笠詩創作獎、笠詩翻譯獎及伊州詩賽獎等。

小宛

本名范朮婉，做女人。在逆境中體驗各種情感。然後，縮在千瘡百孔的心裡吐詩（絲）。出版過詩集《消瘦的時光》。正在聯繫詩集《我為美而生》出版。

張尹

本名白君堯，字非白，山東青島人，一九六二年生，政治作戰學校畢業。十三歲開始寫詩，詩集有《口袋裡的詩》，二〇〇四年九月創立《OUT—門外詩刊》。

丁文智

一九三〇年生，山東諸城人，省立師範畢業。早年曾加盟「現代派」，現為「乾坤」詩社同仁，「創世紀」詩社社長。

著有長短篇小說集十餘部，詩集有《一盆小小的月季》、《葉子與茶如是說》、《丁文智短詩選》等。

勿

本名劉軍生，男。一九六九年五月十七日出生於安徽省蚌埠，二〇〇一年底開始網路媒體的詩歌創作活動。作品散見於《詩生活月刊》、《詩先鋒》、《或者》、《黑藍》等一些知名的網路詩刊，及一些民間的和官方的詩歌刊物。曾任編輯及詩歌網站的版主。

由於青少年時代個性孤僻、獨來獨往，喜歡閱讀及詩歌寫作，更愛把詩歌寫得詭異、飄忽、空靈和殘酷。

零雨

台灣台北縣人，台大中文系畢業，美國威斯康辛大學東亞文學碩士。曾任《現代詩》主編、《國文天地》副總編輯，現任教職。著有詩集《城的連作》（現代詩社）、《消失在地圖上的名字》（時報）、《特技家族》（現代詩社）、《木冬詠歌集》。

許悔之

本名許有吉，一九六六年生，台灣桃園人，國立台北工專化工科畢業。曾獲多種文學獎項及雜誌編輯金鼎獎，曾任《自由時報》副刊主編，現為《聯合文學》雜誌及出版社總編輯。

著有童書《星星的作業簿》，散文《眼耳鼻舌》、《我一個人記住就好》、詩集《陽光蜂房》、《家族》、《肉身》、《我佛莫要，為我流淚》、《當一隻鯨魚渴望海洋》、《有鹿哀愁》、《亮的天》，英譯詩集《*Book of Reincarnation*》及三人合集《台灣現代詩Ⅱ》日譯詩集等詩作外譯。

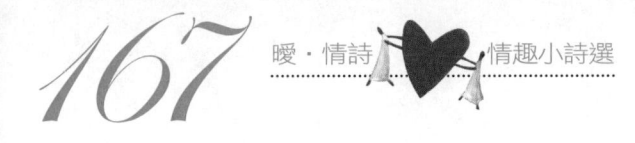

陳黎

本名陳膺文，一九五四年生，台灣花蓮人，台灣師範大學英語系畢業。著有詩集、散文集、音樂評介集等凡二十餘種。譯有《拉丁美洲現代詩選》、《辛波絲卡詩選》等十餘種。曾獲國家文藝獎，吳三連文藝獎，時報文學獎推薦獎、詩首獎，聯合報文學獎詩首獎，梁實秋文學獎詩翻譯獎，金鼎獎等。一九九九年，受邀參加鹿特丹國際詩歌節。二〇〇四年，受邀參加巴黎書展「中國文學主題展」。

謝馨

上海市人，台灣國立藝專肄業，一九六四年定居菲律賓，一九八〇年開始寫作，出版作品有詩集《波斯貓》、《說給花聽》、《石林靜坐》，CD與《謝馨詩集》。作品經常刊載於菲律賓、台灣、大陸、香港等各報刊雜誌，曾獲海外華文著述獎詩歌類第一名，作品並曾四次入選「台灣年度詩選」。

天空魚

本名甘子建。失戀的痛苦令我想要讀詩、寫詩，但寫詩、讀詩的喜悅則令我想到失戀的痛苦。我始終在這種不完美的極致中擺盪。

和權

原名陳和權，生於菲律賓。現任《萬象》詩刊主編。詩作入選兩岸多種詩選本。出版詩集有《橘子的話》、《你是否撫觸到衣襟上被親吻的痕跡》、《落日藥丸》，詩評集《論析現代詩》（三人合著）。兩度獲得菲律賓王國棟文藝基金會新詩獎，菲華兒童文學研究會童詩獎，台灣「僑聯總會」華文著述獎首獎，台灣中興文藝獎章新詩獎、新陸小詩獎，及中國寶雞詩獎。

喻麗清

祖籍浙江杭州，一九四五年生於浙江金華，台灣醫學大學藥學系畢業後，隨即赴美。一九六九年返台，任耕莘青年寫作班總幹事。一九七二年旅居紐約州水牛城。一九七四年在紐約州立大學教授中文。一九七八年遷居加州柏克萊市，任職於柏克萊加州大學脊椎動物學博物館。曾任海外華文女作家協會會長。台北醫學大學北加州校友會會長。作品經常入選國內外各種選集及教科書中。曾獲新聞局優良著作金鼎獎，中國文協散文獎章，兒童文學小太陽獎及文建會最佳少兒讀物獎。

紫鵑

本名許維玲，怕黑、膽小、愛哭、怕孤獨。儘管知道孤獨是唯一不離不棄忠實的朋友。任何文學新書都不想放過的書癡。一條左、右弄不清楚，車子永遠不知停在哪一層樓的糊塗雙魚女。白天在父親公司上班，是正經的八爪上班族。黃昏後，則爬上電腦，端起十隻手指頭，與詩歌共舞。常想摘下星星把玩，也曾想與李白對酌，請教他撈月的本事。近來卻迷上MSN，與詩友對空喊詩，在無聲氛圍中，享受由遠方傳輸文字帶來的歡喜。詩作常見網路及各詩刊發表。獲二〇〇二年優秀青年詩人獎。

月曲了

本名蔡景龍，福建晉江人，一九四一年生於菲律賓，六〇年代加入「自由詩社」開始現代詩創作，八〇年代為千島詩社創始人之一。先後加入亞洲華文作家協會、菲律賓作家協會、台灣創世紀詩社等。曾獲河廣詩社新詩優等獎、王國棟文藝基金會首屆新詩獎。作品見於各大華報及詩刊、台北出版的《新詩三百首》、《小詩選讀》，著有《月曲了詩選》、《月曲了詩集》。

李蕙岑

一九八二年生於雲林，彰化師大國文系畢業。喜歡閱讀，不常投稿，作品曾載於《創世紀詩雜誌》。

我覺得我不算是一個寫詩的人，至少不是認真的一個。在充滿隱喻的生活中，我常迷路，就像在愛情的伊甸園裡，有一些答案令人困惑。動筆的次數愈少，就表示被現實腐化得愈嚴重，而我堅持的天真、愛與感動，就只能在詩的烏托邦裡等我，所以，我還在，在探尋……出口。

孫維民

一九五九年生於嘉義。政大西洋語文系畢業，輔大英國語文學碩士，現任教職。曾獲中國時報新詩獎及散文獎、台北文學獎新詩獎、中央日報新詩獎、梁實秋文學獎散文獎、藍星詩刊屈原詩獎等。著有詩集《拜波之塔》、《異形》、《麒麟》，散文集《所羅門與百合花》。

楊寒

本名劉益州，一九六六年生，現任教職，偶爾寫詩和散文，還在努力學習、思考、生活。

大荒（一九三〇～二〇〇三）

本名伍鳴皋，安徽省無為縣人，隨國軍來台，任中尉軍官。台灣師範大學國文專修科畢業後，改任國中教師。一九五〇年代開始文學寫作，曾創辦《現代文藝》月刊。早年以小說創作為主，著有長篇小說《有影子的人》、《夕陽船》，短篇小說集《火鳥》、《無言的輓歌》。一九七二年大荒加入《創世紀》詩社，此後三十年，作品以詩和散文為主。大荒的詩融會史實、神話，造語清新，而詩情澎湃，既有個人的存在思索，復有民族文化的意識、當代現實的課題。

墨君

本名董同慶，一九四七年生，現居台南縣關廟鄉，詩作多發表於《中華日報》副刊。

鍾順文

一九五二年生於印尼雅加達，專司寫作，現任掌門詩社社長及港都文藝協會榮譽理事長。曾獲民國八十七年中國文藝獎章新詩創作獎及多次高雄文藝獎、國軍文藝金像獎、優秀青年詩人獎等。作品曾入選國內外各大詩選，並譯成英、日、韓文出版。

著有詩集《六點三十六分》、《放一把椅子》、《頭髮和詩》、《鍾順文短詩選》。

碧果

本名夏海洲，一九三二年生，河北永清人。

一九五〇年開始詩的創作。著有詩集《秋・看這個人》、《碧果人生》、《一個心跳的午後》、《愛的語碼》、《說戲》、《碧果短詩選》（中英版）、《一隻變與不變的金絲雀》等。

曾任「創世紀詩社」社務委員、副社長、社長等職。現職顧問。

尹玲

本名何金蘭，廣東大埔人，出生於越南美拖，自幼同時接受中、法、越三種文化和教育薰陶。十六歲正式於報刊發表作品。獲國立台灣大學中國文學國家博士、法國巴黎第七大學文學博士。著有詩集《當夜綻放如花》、《一隻白鴿飛過》、《旋轉木馬》；專著《文學社會學》、《蘇東坡與秦少游》等多種；譯有《薩伊在地鐵上》、《法蘭西遺囑》、《不情願的證人》等法國小說和法國詩。現為淡江大學中文系和法研所、輔仁大學法研所及東吳大學社研所教授。

174

蘇紹連

一九四九年生，台灣台中人，台中師院語教系畢，國小教師退休。曾組「後浪詩社」、「龍族詩社」、「詩人季刊社」，現為「台灣詩學」學刊同仁。曾獲創世紀詩獎、國軍文藝金像獎詩獎、中國時報文學獎詩獎、聯合報文學獎詩獎、年度詩選詩人獎等。著有《驚心散文詩》、《隱形或者變形》、《台灣鄉鎮小孩》等詩集。設有《現代詩的島嶼》、《Flash超文學》、《吹鼓吹詩論壇》等網站，及《台灣春風少年兄・出詩表》部落格。

硯湘

本名劉延湘，現居台北。我的一生都在追尋最珍貴難得的愛，現在終於在《聖經》裡耶穌的這些話語中找到了，當然也找到了信仰的至真至善至美！「愛你的敵人並為那些迫害你的人祈禱祝福……」

周薇

一九七七年生，業餘寫作者，家居四川省綿陽市，曾在《劍南文學》、《終點》、

《火鍋子》（日本）等刊物上發表過作品。現任《好詩報》等網刊版主。主要作品有《夜鷲、薔薇、樹》（長詩）、《一首沒有注解的詩》（組詩）、《三宅一生》（組詩）、《憂傷十四行》（組詩），以及《黎明前的獻詩》（長詩）等。

顏艾琳

一九六八年生，台灣台南縣人。輔仁大學歷史系畢業，曾任宗教博物館教育推廣、元尊文化出版漫畫主編，現任聯經出版公司文學主編、元智大學中文系特聘「現代詩」與「出版編輯」課程講師。

她自國中時期開始發表詩與散文，九〇年代之後，透過詩展開肉身感官世界的探索，以知性和感性交融的筆法，表現當代女性自主的情欲，刻畫女性成長的軌跡，語言大膽露骨，頗受矚目。著有詩集《抽象的地圖》、《骨皮肉》、《她方》，及漫畫評論、散文集等多種。

曾獲優秀青年詩人獎、《創世紀》四十週年新詩獎、台北文學獎等多種。

陳克華

山東省汶上縣人，民國五十年十月四日生於台灣花蓮，台北榮民總醫院眼科部角膜科主治醫師，國立陽明大學副教授，並在各學院教授醫學人文課程。自高中時期開始寫詩。大學二年級出版第一本詩集《騎鯨少年》，之後陸續出版詩、散文、小說、影評、劇本、專欄、攝影集等個人作品二十餘冊，曾獲重要文學獎多項，詩作亦被改編搬上舞台，歌詞作品有〈台北的天空〉等數百首。

白家華

祖籍貴州，一九六三出年生於台灣台南，逢甲大學企管系畢業，政治大學學士後教育學分班結業，曾任台灣耕莘寫作會理事，兒童才藝作文班資深教師。已出版的個人詩集有六部：《群樹的呼吸》、《蟬與曇花》、《陽光集》、《春雨集》以及《你的彩蝶來到我的花園裡》、《讓你的愛停留在心上》。另已著有詩集《太陽集》、《彩蝶集》、《喜悅集》、《禮物集》、《愛貽集》、《解放集》等十餘部。

向明

本名董平，湖南長沙人，一九二八年生，曾留美學習現代電子科技，從事現代詩創作及詩評論隨筆四十餘年，為藍星詩社重要成員，主編藍星詩刊多年，曾任中華日報副刊編輯、年度詩選主編、新詩學會理事、國際華文詩人筆會主席團委員，臺灣詩學季刊社社長。曾獲全國優秀詩人獎、中國文藝協會五四文藝獎章、中山文藝獎，國家文藝獎，一九八八年世界藝術與文化學院頒贈榮譽文學博士學位。

出版詩集有《雨天書》、《狼煙》、《五弦琴》、《青春的臉》、《向明自選集》、《水的回想》、《隨身的糾纏》、《向明世紀詩選》、《陽光顆粒》及童詩集《螢火蟲》。

斯人

本名謝淑德，台灣台南人，我完全同意列夫・舍斯托夫的話，關於自己的最有價值又最難得的真話，只有不在談論自己的時候，才得以吐露。

聯經文學

曖・情詩：情趣小詩選

2006年5月初版　　定價：新臺幣200元

編者　向明
繪者　儲玉玲　儲嘉慧
發行人　林載爵

叢書主編　顏艾琳　邱靖絨
校對　吳美滿
整體設計　翁國鈞

出版者　聯經出版事業股份有限公司
台北市忠孝東路四段555號
編輯部地址：台北市忠孝東路四段561號4樓
叢書主編電話：(02)27634300轉5043・5228
台北發行所地址：台北縣汐止市大同路一段367號
電話：(02)26418661
台北忠孝門市地址：台北市忠孝東路四段561號1-2樓
電話：(02)27683708
台北新生門市地址：台北市新生南路三段94號
電話：(02)23620308
台中門市地址：台中市健行路321號
台中分公司電話：(04)22312023
高雄門市地址：高雄市成功一路363號
電話：(07)2412802
郵政劃撥帳戶第0100559-3號
郵撥電話：26418662
印刷者　世和印製企業有限公司

行政院新聞局出版事業登記證局版臺業字第0130號

本書如有缺頁，破損，倒裝請寄回發行所更換。　ISBN 957-08-3005-0（平裝）
聯經網址：www.linkingbooks.com.tw
電子信箱：linking@udngroup.com

國家圖書館出版品預行編目資料

暧・情詩：情趣小詩選 / 向明主編.
儲玉玲、儲嘉慧繪圖. --初版.
--臺北市：聯經，2006年（民95）
180面；14.8×21公分.（聯經文學）

ISBN　957-08-3005-0(平裝)

831.86　　95008035